VICTOR CAVALARO

UM ADOLESCENTE COM PROPÓSITO

MANUAL PRÁTICO PARA SUA MELHOR FASE

LION
EDITORA

EXPEDIENTE

DIREÇÃO EXECUTIVA
SINVAL FILHO

COORDENAÇÃO EDITORIAL
LUCIANA LEITE

CAPA E ILUSTRAÇÕES
WEGLISON CAVALARO

PROJETO GRÁFICO E DIAGRAMAÇÃO
WEGLISON CAVALARO

REVISÃO
RAFAELLA RIBEIRO

LION EDITORA
RUA DIONÍSIO DE CAMARGO, 106, CENTRO, OSASCO - SP - CEP 06086-100
CONTATO@LIONEDITORA.COM.BR • (11) 4379-1226 | 4379-1246 | 98747-0121
WWW.LIONEDITORA.COM.BR

COPYRIGHT 2024 POR LION EDITORA
TODOS OS DIREITOS SÃO RESERVADOS À LION EDITORA E PROTEGIDOS PELA LEI Nº 9.610 DE 19/02/1998. FICA ESTRITAMENTE VEDADA A REPRODUÇÃO TOTAL OU PARCIAL DESTA OBRA, POR QUAISQUER MEIOS (ELETRÔNICOS, MECÂNICOS, FOTOGRÁFICOS, GRAVAÇÃO E OUTROS), SEM PRÉVIA AUTORIZAÇÃO POR ESCRITO DA EDITORA. ESTE LIVRO É UMA PUBLICAÇÃO INDEPENDENTE, CUJAS CITAÇÕES OU IMAGENS A QUAISQUER MARCAS OU PERSONAGENS SÃO UTILIZADOS SOMENTE COM A FINALIDADE DE REFLEXÃO, ESTUDO, CRÍTICA, PARÁFRASE E INFORMAÇÃO.

NOVA EDIÇÃO

AGRADECIMENTOS

Primeiramente, agradeço a Deus por ter feito tudo isso acontecer, me dando ensinamentos e me mostrando o caminho para compartilhar aqui com vocês.

Agradeço também aos meus pais, Weglison e Ana Maria, que me apoiaram e ajudaram a produzir este livro. Vocês são os melhores pais do mundo porque me ensinam, dia a dia, a ser quem eu sou! Amo vocês!

Agradeço também a Grazi, uma tia querida que ajudou muito no processo de desenvolvimento textual deste livro. Ela é uma mulher incrível, tem uma família linda e que ama a Deus. Obrigado, tia, por fazer parte deste projeto. Te amo!

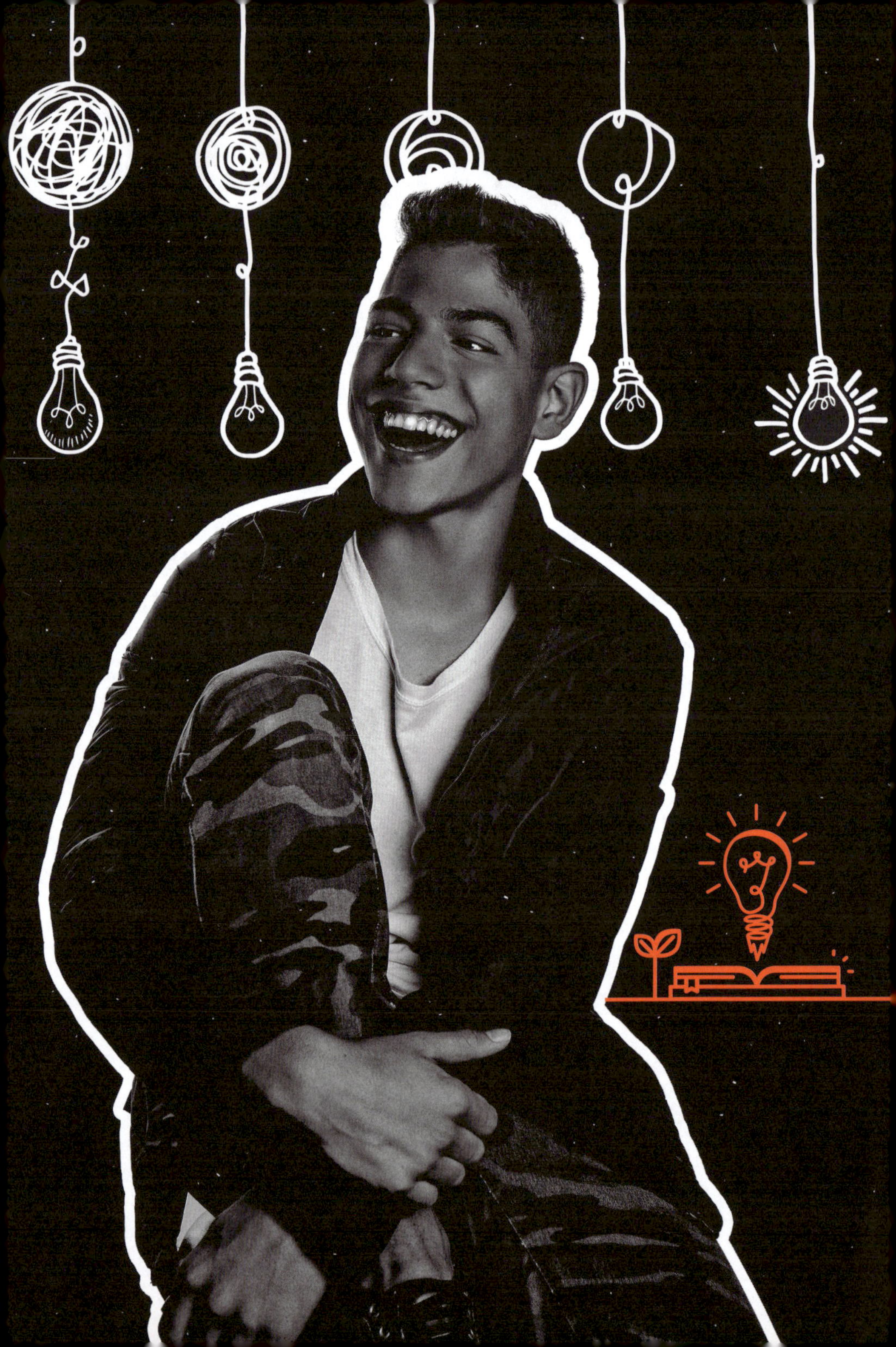

Olá, eu sou Victor Hugo!

Olá, meu nome é Victor Hugo, mas sou mais conhecido como Otaviano por causa do projeto @OMUNDODEOTAVIO. Desde bebê, acompanho o trabalho do meu pai, ministrando a palavra de Deus para crianças.

No início da minha adolescência, abri um perfil no *Instagram* (@VICTOR.2G) para produzir e compartilhar conteúdos com o propósito de ajudar pessoas a se reconectarem com Deus e a viverem tudo aquilo que Deus planejou para elas.

Ao realizar esse trabalho no *Instagram* e conviver com adolescentes da minha idade, percebi que a maioria deles escolhe viver um caminho ruim, que não leva a Deus.

A partir daí, decidi fazer *LIVES* com o objetivo de falar do amor de Deus para os adolescentes. Foi então que também tive a ideia de escrever este livro, com o desejo de que outros adolescentes vivam tudo o que eu tenho experimentado em Jesus.

PREFÁCIO

A adolescência é considerada como uma das fases mais críticas da vida, porque mudanças importantes ocorrem dentro desse "serzinho" que até ontem era o bebê do papai e da mamãe, mas que agora enfrenta hormônios em "ebulição" e um corpo em transformação. Além disso, é a etapa da vida em que o ser humano deve começar a tomar as próprias decisões, deixando a infância para trás e se movendo rumo à vida adulta.

A complexidade dessa fase é tanta que até ganhou o apelido - nada carinhoso - de "aborrescência", embora, para nós, tenha sido uma bênção de Deus. Podemos afirmar isso porque estamos vendo os bons frutos na vida do nosso adolescente Victor Hugo.

O Victor tem sido um refrigério para nós, pais de adolescente. Por meio da vida dele, temos observado que a missão de educar os filhos por meio de PRINCÍPIOS e VALORES pautados na palavra de Deus tem dado bons resultados.

Com certeza, o Victor é um diferencial nesta geração, não por ser filho do Weglison (@omundodeotavio) e da Ana Maria (@criançavemcommanual), mas, sim, por ter encontrado a sua verdadeira identidade em Deus.

Somos gratos pela oportunidade de ver o Victor crescer nos caminhos do Senhor e dedicar-se à obra de Deus. Em toda a sua trajetória de vida, desde o nascimento prematuro (aos sete meses), com apenas um quilo e meio e 40 centímetros de comprimento, sabíamos que o propósito do nosso filho seria grandioso e impactante.

Neste ano de 2022, o Victor nos surpreendeu ainda mais. Em vez de pedir uma festa ou uma viagem para comemorar o aniversário de 15 anos - como geralmente os adolescentes desejam -, ele simplesmente nos pediu a impressão deste livro!

Sabemos que não é fácil ser um adolescente nos dias de hoje. Por isso, queremos recomendar que leia este livro e se inspire para viver a sua adolescência com propósito. Afinal, todos nós temos um porquê de estar nesta Terra; basta encontrar em Deus a resposta que precisamos. Tenho certeza de que esta leitura vai te ajudar nesse processo.

Weglison e Ana Maria
pais do Victor Hugo

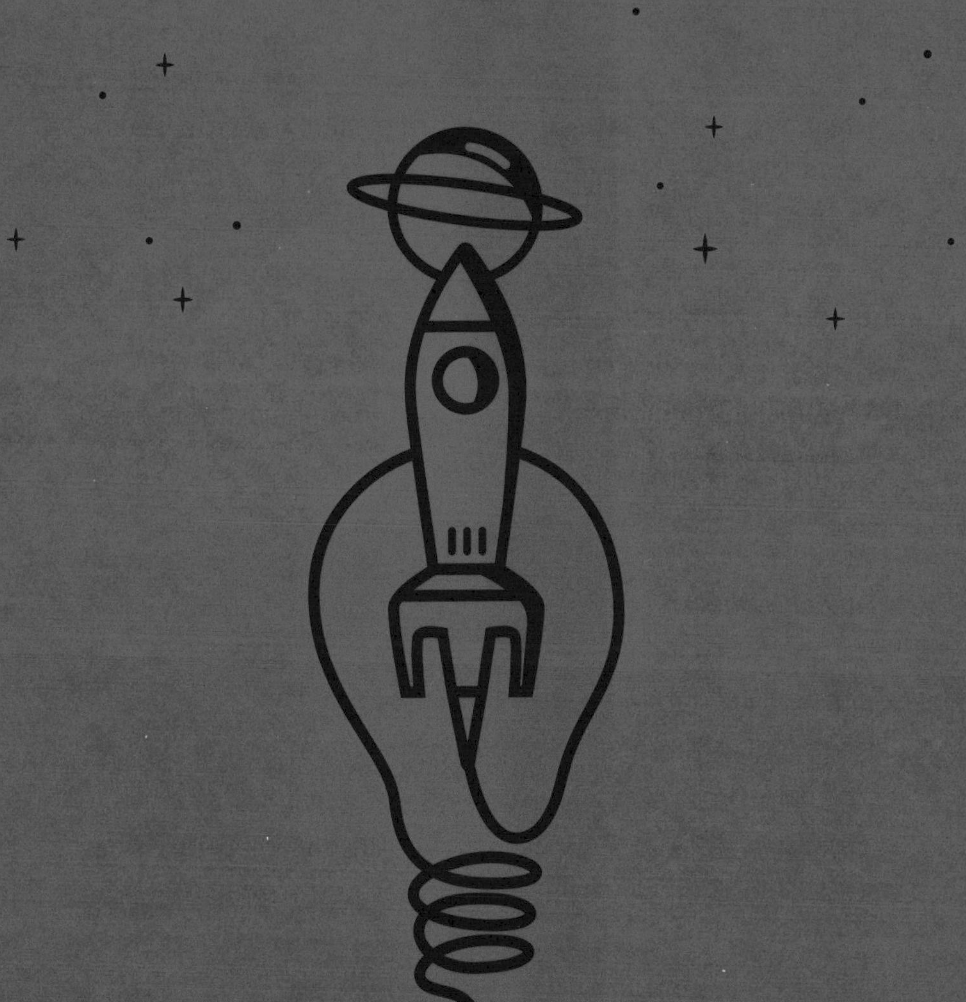

Sumário

OLÁ, EU SOU VICTOR HUGO! 09

PREFÁCIO 10

INTRODUÇÃO 14

CAP.

01. QUEM SOU EU? 17

02. DIFICULDADES DA ADOLESCÊNCIA 25

03. UM AMIGO DE VERDADE 33

04. SEJA EXEMPLO 41

05. SEJA FORTE E CORAJOSO 47

06. PAIS CONTROLADORES? 53

07. O GRANDE DESAFIO 61

08. NAMORO NA ADOLESCÊNCIA 69

09. PROPÓSITO 77

10. LUZ, CÂMERA E AÇÃO 85

INTRODUÇÃO

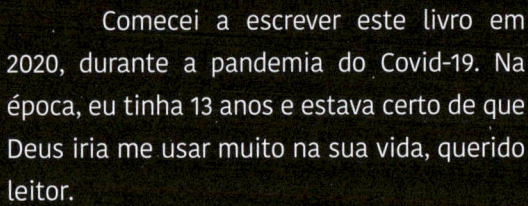

Comecei a escrever este livro em 2020, durante a pandemia do Covid-19. Na época, eu tinha 13 anos e estava certo de que Deus iria me usar muito na sua vida, querido leitor.

Dividi o livro em dez capítulos, nos quais abordo as principais dificuldades que nós, adolescentes, enfrentamos: "crises de identidade" (quem sou? Qual é o meu propósito?); a necessidade de ter amigos verdadeiros e ser um exemplo para eles; como enfrentar os medos e vergonhas; saber a hora certa de namorar e com quem; agir com obediência sem pensar que os pais são controladores; evitar pecados escondidos (um grande desafio na adolescência); e não precisar de aprovação, apesar da pressão para sermos um exemplo para os pais.

Cada capítulo vem acompanhado de uma videoaula exclusiva para aprofundar ainda mais o conteúdo. Basta ficar atento aos QR codes em cada capítulo, escanear com a câmera do seu celular e descobrir mais sobre o que Deus tem para você se tornar um adolescente com propósito.

Enfim, são dez pilares que juntos garantem o sucesso ou o fracasso dessa fase da vida chamada ADOLESCÊNCIA! Por isso, espero que você desfrute deste livro e coloque tudo em prática. Se fizer isso, tenho certeza de que se tornará um adolescente que curte a vida, sendo amigo de Deus e cumprindo o seu propósito nesta Terra!

BOA LEITURA PARA VOCÊS!

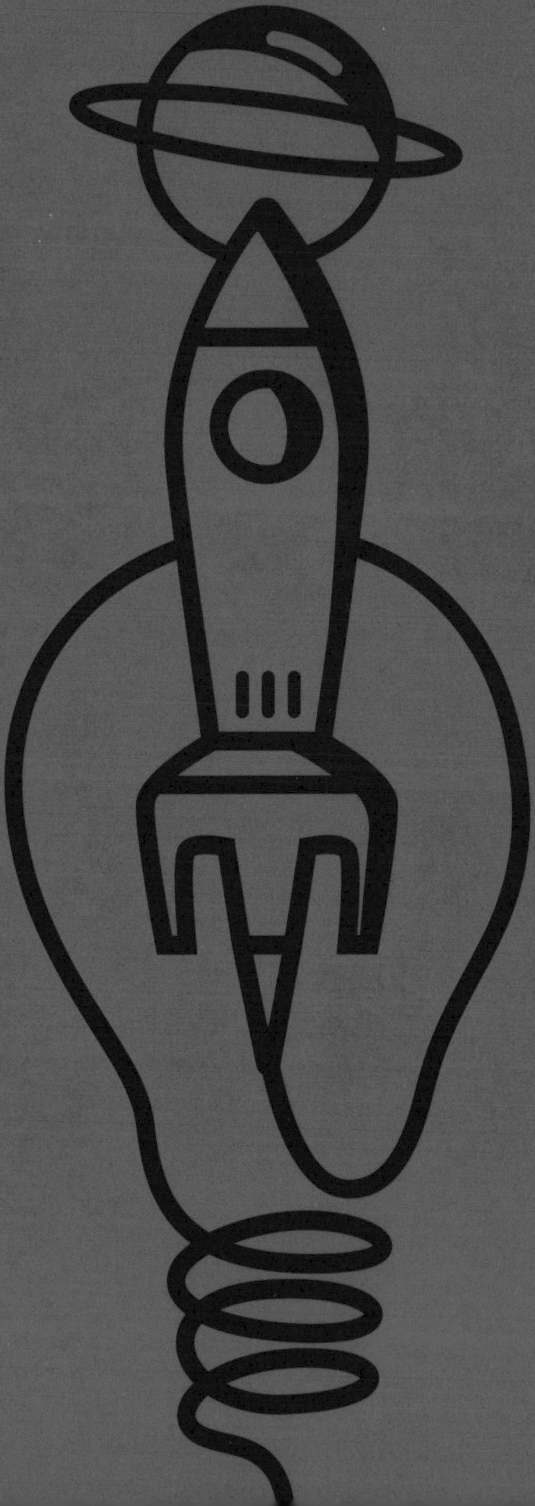

1

QUEM SOU EU?

> "Tu criaste o íntimo do meu ser e me teceste no ventre de minha mãe. Eu te louvo porque me fizeste de modo especial e admirável. Tuas obras são maravilhosas! Digo isso com convicção. Meus ossos não estavam escondidos de ti quando em secreto fui formado e entretecido como nas profundezas da terra. Os teus olhos viram o meu embrião; todos os dias determinados para mim foram escritos no teu livro antes de qualquer deles existir".
> Salmos 139.13-16 NVI

VIDEO AULA

UM ADOLESCENTE COM PROPÓSITO

QUEM SOU EU?

Você já se pegou pensando:
"De onde eu vim?"
"Por que eu existo?"
"Quem eu sou?"
"Qual é a minha verdadeira identidade?"

É muito comum na adolescência termos estes questionamentos, afinal, estamos passando por uma fase de grandes transformações. Não somos mais crianças e nem somos adultos ainda; é como se estivéssemos no meio do espaço, flutuando, tentando encontrar nosso "planeta" para voltar para casa.

Por isso, responder a essas perguntas é tão importante para nós. Somente quando entendemos nossa verdadeira identidade é que conseguimos avançar rumo ao propósito que o Senhor confiou a nós.

E quando isso acontece, é como se ganhássemos superpoderes e nos tornássemos um super-herói. Pois um super-herói precisa saber que é um herói (IDENTIDADE) e quais poderes tem (PROPÓSITO) para depois salvar o mundo. Portanto, com você não será diferente: para cumprir seu propósito, primeiro encontre sua identidade.

UM ADOLESCENTE COM PROPÓSITO

Para facilitar essa compreensão, quero te contar como esse processo aconteceu comigo. Bom, eu sempre fui um garoto muito feliz, amava imitar filmes, fazer teatro e brincadeiras para os outros rirem. Sempre tive um coração bondoso porque me importo com todos à minha volta. Gosto de saber se estão bem e procuro ajudar quem está mal.

Além disso, minha história sempre foi um grande milagre, já que quase morri quando nasci. Passei por muitas dificuldades, mas graças a Deus sempre obtive a vitória.

Mesmo assim, chegou um momento em que não sabia quem eu era. Nessa época, comecei a ler alguns livros e a assistir LIVES (transmissões ao vivo pela internet) sobre identidade, e, então, a curiosidade aumentou. Queria saber QUEM SOU EU e PARA QUE EU VIM a este mundo. Entre dúvidas e reflexões, procurei o meu pai para me ajudar, mas ele me orientou a buscar em Deus a resposta.

Foi o que fiz. Comecei a ler a Bíblia e a orar com esse foco até que, um dia, enquanto estava no banho, perguntei de forma bem objetiva para DEUS:

- Senhor, QUEM EU SOU?

Após a pergunta, fiquei em silêncio e Ele me respondeu:

- Filho, você é feliz, leva alegria onde vai, é vitorioso, amável, tem um coração muito bom, e EU tenho muito orgulho de você!

A partir daquele momento, descobri a minha verdadeira identidade: **FILHO AMADO DE DEUS!** Isso foi muito importante para mim, pois desde aquele dia, sempre ao despertar, me olho no espelho e digo quem eu sou! Isso tem me ajudado a firmar minha identidade e a não desanimar quando tristezas ou decepções aparecem.

UM ADOLESCENTE COM PROPÓSITO

O problema é que, no mundo de hoje, temos muito acesso à tecnologia, redes sociais e muitas influências que nos ensinam a encontrar nossa identidade pelo que sentimos, ou pelos olhos de outras pessoas. Dizem que, para encontramos nossa identidade devemos experimentar de tudo, pois só assim vamos saber quem nós somos.

Mas eu quero te ensinar algo precioso. O que Deus te diz hoje é que Ele cuida de você, nunca te abandona e nunca te abandonará. Ele te criou e sabe muito bem quem você é. Por isso, pare de perguntar para o mundo **"QUEM É VOCÊ?"** e comece a perguntar para quem realmente te criou e sabe quem você é. Que tal fazer essa pergunta para Deus, assim como eu fiz, e você verá a melhor e mais clara resposta do mundo!

Não sei se já ficou claro para você, mas preciso destacar essa verdade: Deus te ama tanto que enviou o seu único filho à Terra para morrer no seu lugar, mesmo que você não merecesse esse sacrifício! Ele te perdoa e continua te amando; afinal, você é a maior e melhor criação, e Ele te fez "de modo especial e admirável!"

Agora, se assim como eu era, você ainda está confuso quanto à sua identidade, convido você a refletir sobre este versículo para entender o quanto você é especial e importante para Deus.

> "Escrevo a vocês, filhinhos, porque conhecem o Pai. Escrevo a vocês, pais, porque conhecem aquele que existiu desde a criação do mundo. Escrevo a vocês, jovens, porque são fortes. A mensagem de Deus vive em vocês, e vocês já venceram o Maligno".
>
> 1 João 2.14
> NTLH

COLOCANDO EM PRÁTICA

A partir da leitura deste capítulo, acredito que você será capaz de entender sua verdadeira identidade em Deus! Para isso, responda às perguntas abaixo:

01) O que você mais gostava de fazer quando era criança? Quais eram suas brincadeiras preferidas?

_____
_____
_____
_____
_____
_____

02) Escreva 5 características que te definem.

_____
_____
_____
_____
_____
_____
_____

03) Quais são os seus sonhos para o futuro, independente da profissão ou do que as pessoas falam para você? O que traria alegria para a sua vida?

_____

_____

_____

_____

04) Releia o texto de 1 João 2.14 e, então, escreva por que o Senhor vos escreveu. Quais são as características que nós, jovens, temos?

_____

_____

_____

_____

Agora, releia as suas respostas e então ore, pedindo ao Senhor que revele a sua verdadeira identidade. Assim que Ele te responder, escreva abaixo e, todos os dias, ao acordar, declare em frente ao espelho QUEM É VOCÊ!

_____

_____

_____

_____

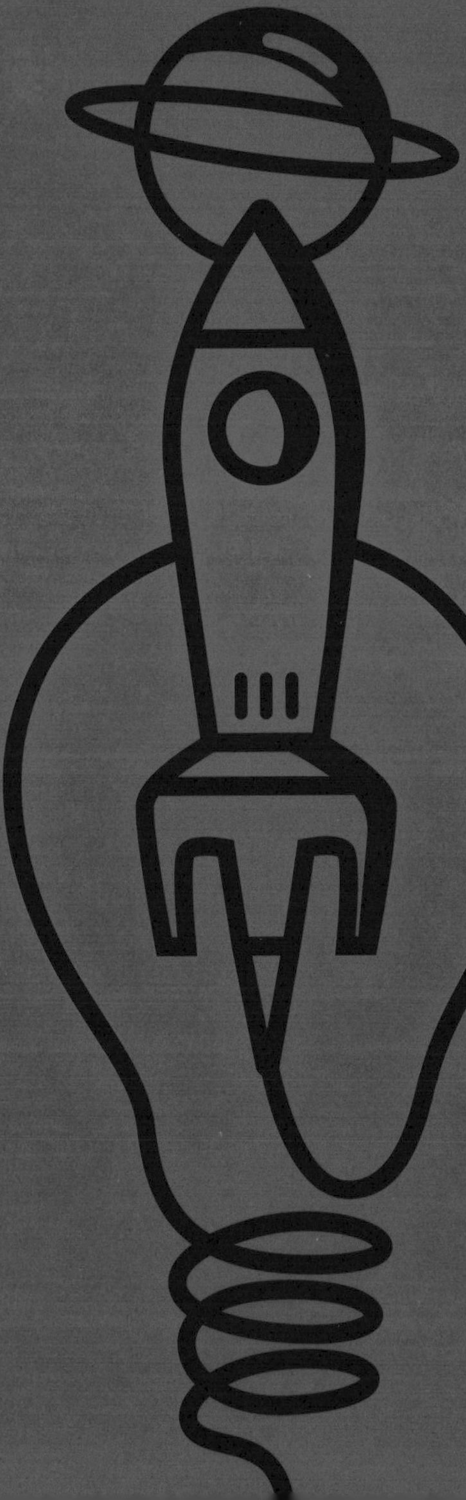

2
DIFICULDADES DA ADOLESCÊNCIA

> "Eu lhes falei tudo isso para que tenham paz em mim. Aqui no mundo vocês terão aflições, mas animem-se, pois eu venci o mundo".
> João 16.33 NVT

VIDEO AULA

UM ADOLESCENTE COM PROPÓSITO

DIFICULDADES DA ADOLESCÊNCIA

2

Você já teve a sensação de que ninguém te dá atenção, que as pessoas não te entendem ou que não confiam em você? Acertei? Isso deixa qualquer adolescente triste, não é verdade? Quando esses sentimentos ocorrem com frequência, podem levar você para um caminho penoso e cheio de aflição, fazendo você pensar que não vale nada. É como se ondas gigantes quisessem te esmagar e, às vezes, você se sente "afogado" por elas, sem conseguir encontrar um caminho. Certo?!

Agora você deve estar pensando: como eu sei disso? Bom, é porque eu também sou um adolescente que passou por isso, mas aprendi como vencer essas "ondas enormes". Hoje quero te explicar que essas "ondas" não definem você e que suas preocupações podem ser vencidas quando ocupam o lugar correto em nossas vidas. Por isso quero te contar algo que aconteceu comigo e que pode te ajudar a mudar esse pensamento.

Em 2018, quando tinha 11 anos, mudei de escola pela primeira vez. Quem já trocou de escola sabe o quanto isso é complicado, né? Precisamos fazer novos amigos, conhecer novos professores e até os conteúdos e as provas parecem mudar por completo.

Dois amigos da minha igreja, que já estudavam naquela escola, começaram a pegar carona comigo após a mudança. A companhia deles me ajudou muito até eu me acostumar. Sim, consegui me adaptar, mas logo depois uma tristeza começou a aparecer na minha vida. Isso porque eu ficava pensando que, além dos meus pais e de Deus, ninguém mais gostava de mim, o que me deixou deprimido por algum tempo.

Nessa fase, também passei a ter muita ansiedade porque ficava preocupado com o futuro e imaginava o que poderia acontecer, sempre com pensamentos negativos. Eu achava, por exemplo, que não iria bem na prova, que não conseguiria fazer as tarefas, que poderia até reprovar...

Você deve estar pensando: que ano difícil para o Victor, quanta coisa ele passou. Realmente, foi desafiador mas aprendi muito! Aprendi a controlar as minhas preocupações. Para isso, contei com a ajuda dos meus pais e também de uma psicóloga, que durante as sessões fazia perguntas muito boas e me ajudava a perceber que nem tudo o que penso de fato acontece.

Foi assim que percebi a verdade: eu tinha amigos que me amavam com sinceridade. Então, parei de pensar que ninguém gostava de mim e entendi que nunca deveria ter pensado dessa forma. Sempre soube que Deus me ama do jeito que sou e que o amor d'Ele é suficiente para mim. Apesar disso, é natural querer e gostar de ter amigos e amigas, não é verdade?

Antes de finalizar este capítulo, quero reforçar aqui uma importante e reconfortante verdade: existe um Deus que te ama, que confia em você e, independentemente do desafio que esteja enfrentando, Ele sempre estará com você para te ajudar. Afinal na vida teremos aflições, mas a Bíblia nos ensina:

> "Eu lhes falei tudo isso para que tenhais paz em mim. Aqui no mundo vocês terão aflições, mas animem-se, pois eu venci o mundo".
> João 16.33 NVT

Com esse texto bíblico, podemos aprender que nem mesmo Jesus se livrou das aflições, mas Ele confiou em Deus e permaneceu convicto de que todo sofrimento iria passar. Por isso, foi vitorioso. Então, confie você também em Deus, nos seus pais e busque apoio em seus líderes: professores, diretora da escola ou líderes da igreja. O importante é não ficar sozinho, sofrendo calado.

*E lembre-se:
se eu consegui vencer
entregando tudo para Deus,
então você consegue
também!*

COLOCANDO EM PRÁTICA

Hoje, quero que você se lembre do dia em que não confiaram em você ou não te deram a atenção que precisava. Reflita sobre aquele momento e escreva como a situação aconteceu e como você se sentiu.

Feito isso, entregue tudo para Deus: sentimentos, pensamentos e tudo aquilo que você acreditou que fosse verdade. Então, traga à memória que Jesus morreu para te libertar dos pecados e também dos sentimentos ruins. Sinta-se amado por Ele.

Por fim, medite neste versículo:
"Entreguem todas as suas preocupações a Deus, pois ele cuida de vocês". 1 Pedro 5.7 NTLH

_____
_____
_____
_____
_____
_____
_____
_____

UM ADOLESCENTE COM PROPÓSITO

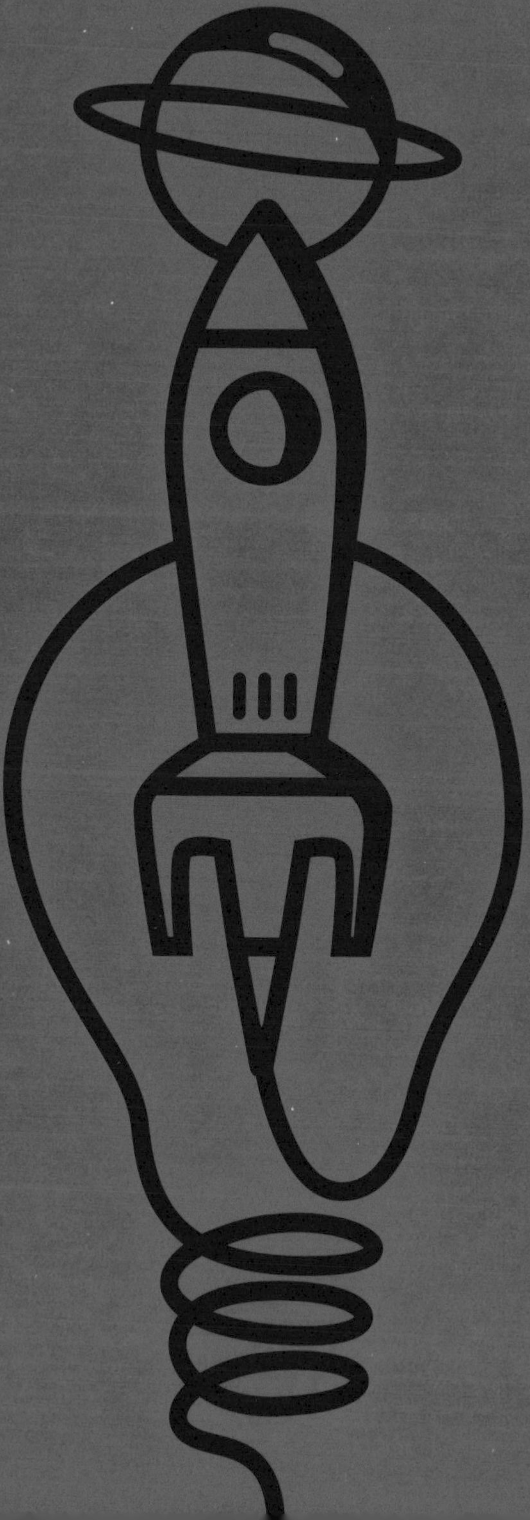

3

UM AMIGO DE VERDADE

> "Ninguém tem mais amor pelos seus amigos do que aquele que dá a sua vida por eles. Vocês são meus amigos se fazem o que eu mando. Eu não chamo mais vocês de empregados, pois o empregado não sabe o que o seu patrão faz; mas chamo vocês de amigos, pois tenho dito a vocês tudo o que ouvi do meu Pai".
> JOÃO 15. 13-15 NTLH

VIDEO AULA

UM ADOLESCENTE COM PROPÓSITO

UM AMIGO DE VERDADE

3

No dia a dia, somos cercados pela influência de nossos pais, amigos, mentores, professores, entre outros. Neste capítulo, porém, quero falar especialmente sobre os amigos.

Estamos rodeados de amigos na escola, na igreja, no bairro, no prédio, no condomínio ou na rua em que moramos. É muito bom ter amigos para conversas e bate-papos, mas você sabia que, às vezes, essas amizades podem te levar a fazer coisas ruins?

Vamos analisar a seguinte situação: você está em uma festa de aniversário e, de repente, um amigo te desafia a experimentar drogas. O que você faria?

- **SIM: EXPERIMENTARIA para continuar participando do grupo;**
- **NÃO: NÃO EXPERIMENTARIA e seria "zoado" pelo grupo.**

Se a sua resposta for **"SIM"** já podemos identificar um problema: você só quer fazer isso para ser aprovado pelos seus amigos, porque sabe que, se disser o contrário, ficará sozinho na festa. Eu prefiro escolher **"NÃO EXPERIMENTAR"** e até perder os amigos do grupo, mas sozinho jamais fico. Sabe por que eu faria isso? Porque existe uma pessoa que não te expulsa, não te maltrata e até deu a vida d'Ele por você. Essa pessoa é Jesus!

UM ADOLESCENTE COM PROPÓSITO

Na Bíblia, os evangelhos de Mateus, Marcos, Lucas e João contam a história de Jesus e nos ensinam como podemos encontrar n'Ele o nosso melhor amigo! Para isso acontecer, você só precisa deixar Jesus entrar na sua vida e manter um relacionamento com Ele!

Neste ponto da reflexão, sei que você pode estar se perguntando:

- Como isso pode acontecer se eu não consigo ver ou ouvir Ele?

Eu te respondo com outra pergunta:

- Você já parou para ouvir Deus? Para termos um relacionamento, precisamos falar e ouvir a voz de Deus.

Deixe-me te contar a história de quando eu ouvi a Deus. Em 2019, quando eu tinha 12 anos, minha avó estava com câncer no pulmão. Decidi falar com Deus para pedir que a curasse. Sabe o que aconteceu? Surpreendentemente, Ele falou comigo! Sim, eu ouvi a voz de Deus e Ele me disse:

- Sua avó vai morrer, então aproveite ao máximo o tempo com ela.

Após ouvir isso, fiz outro pedido a Deus:

- Deus, já que a minha avó vai morrer, o Senhor pode levá-la dormindo?

Depois disso houve silêncio, mas eu senti o cuidado de Deus. Eu sabia que poderia confiar n'Ele, porque aquela experiência foi real e impactante.

UM ADOLESCENTE COM PROPÓSITO

Passaram-se alguns dias e, em uma manhã, ao despertar, recebi a notícia de que minha avó havia falecido dormindo! Naquela hora, tive a certeza de três verdades especiais:

1º) Que minha avó foi para um lugar melhor;
2º) Que Deus me ouve;
3º) Que recebi uma prova da existência de Deus, porque Ele falou comigo e atendeu ao meu pedido. Foi uma experiência top!

A partir desse dia, me tornei amigo de Deus!

Sei que você pode estar pensando: "Será que só o Victor pode ouvir a Deus? Por que eu nunca ouvi?". Acredite, todos que mantêm um relacionamento com Deus podem ouvi-lo. Analise comigo: você costuma conversar com estranhos? Certamente, não. Deus age do mesmo modo. Para ouvi-lo você precisa se relacionar com Ele todos os dias. Só assim você vai aprender como Ele é e como Ele fala conosco.

Portanto, se você quer conhecer a Deus, precisa entregar a sua vida a Ele, ou seja, acreditar que Ele existe e deixá-lo entrar no seu coração ao declarar que Ele é o Senhor da sua vida. Assim, você se tornará amigo de Deus.

Além disso, recomendo que conheça as histórias d'Ele. Você só precisa ler a Bíblia, pois lá estão registrados todos os feitos e todos os ensinamentos que te transformarão em um verdadeiro amigo de Deus.

UM ADOLESCENTE COM PROPÓSITO

E pra finalizar, quero te fazer duas perguntas que irão te ajudar a encontrar esse amigo de verdade:
• Você tem colocado Deus em primeiro lugar na sua vida ou tem deixado Ele pra depois?
• Você sabe o real motivo para se colocar Deus em primeiro lugar sempre?

Eu não sabia a resposta dessa pergunta até perguntar para Deus. Sabe o que Ele me respondeu? De uma forma que jamais irei esquecer, Deus me perguntou:

- O que é melhor, água ou coca-cola?

Eu respondi:

- Água é claro!

Então Ele me disse:

- Imagina você acordar de manhã e a primeira coisa que beber for coca-cola e não água? Isso faria muito mal para seu organismo pois precisamos nutrir nosso corpo primeiro com água para só depois beber outra coisa. Correto?

Então, a partir dessa experiência, consegui refletir sobre o que era melhor: Deus ou o meu celular? É claro que é Deus, pois Ele nos instrui e nos nutri certo? Mas será que você e eu temos nos nutrido com algo que não nos nutre? Não estou dizendo que não pode mexer no celular, mas que isso não venha primeiro no seu dia e na sua vida do que Deus. Lembre-se de nutrir-se primeiro pois assim, poderá viver o dia melhor e resolver tudo com a ajuda de Deus.

Ao fazer isso, você terá um excelente relacionamento com Deus e encontrará seu verdadeiro amigo. Mas atenção, não é só no início do dia que você precisa se nutrir, mas, ao longo de todo o dia! Afinal, se você beber água e comer apenas uma vez por dia, você poderá ter sério problemas de saúde. Não é?!

COLOCANDO EM PRÁTICA

Sabendo de tudo isso, que tal colocar em prática o que acabou de ler? Para te ajudar, sugiro que escolha um livro da Bíblia de sua preferência e leia um capítulo por dia, meditando nele. Use um caderno para anotar o que aprendeu e converse com Deus. Em seguida, você pode falar: "Senhor, eis-me aqui. Fale comigo". Depois, fique em silêncio para que Ele possa falar com você. Se fizer isso todos os dias, vai perceber que, aos poucos, você desenvolve intimidade com Deus!

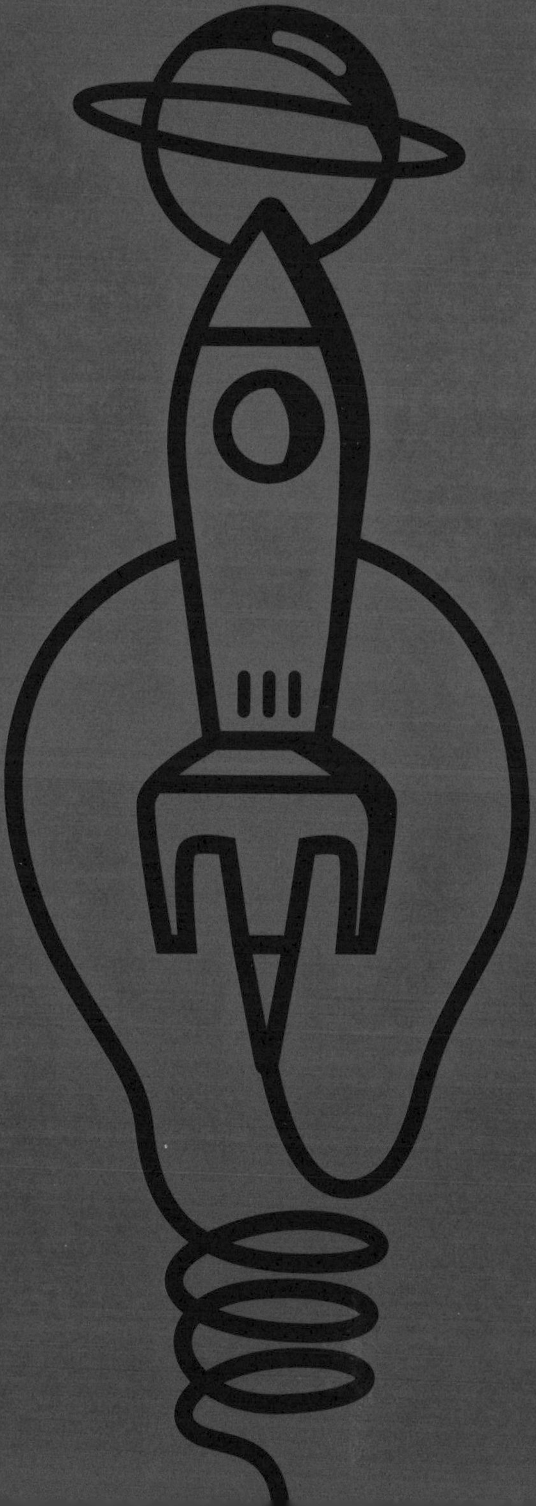

4

SEJA EXEMPLO

"Não deixe que ninguém o despreze por você ser jovem. Mas, para os que creem, seja um exemplo na maneira de falar, na maneira de agir, no amor, na fé e na pureza".

I Timóteo 4.12 NTLH

VIDEO AULA

SEJA EXEMPLO

4

Neste capítulo, quero falar sobre as seguintes situações: você está andando e, de repente, vê meninos falando palavrões. O que você faz? Dá risada, fala junto ou se cala e sai de perto? Ou então, imagine a cena: você está em uma roda e uma pessoa começa a fofocar sobre alguém para você. Qual seria a sua reação? O que você faria?

Experiências como essas nos revelam que a maioria das pessoas acaba sendo influenciada pelo contexto que está vivendo. Por isso, o é sempre mais fácil rir dos palavrões e repeti-los, ouvir e até contribuir com a fofoca sobre o outro... Mas será que a atitude de ficar quieto ou de sair de perto seria a solução nessas situações?

Na verdade, o melhor a fazer é SER EXEMPLO. Você precisa agir como Jesus, com sabedoria e fazendo perguntas como:

- Por que você está falando assim?
- Se fosse com você, você gostaria que falassem isso de você?
- Se Jesus estivesse em seu lugar, será que Ele faria o que você fez?

Este é o segredo, use a técnica **"PRAIA"**:
Pare – Reflita – Argumente – Instrua – Avance

Não tenha medo, porque se alguém brigar com você, é só sair andando normalmente. O importante é que as pessoas sempre te vejam fazendo o que é certo. Então, escolha a atitude correta e foque em ser um exemplo para todos.

Neste ponto, também é importante destacar que você não precisa ter medo do que vão pensar a seu respeito. Seja livre e ignore aqueles que escolhem fazer aquilo que é contra os **PRINCÍPIOS e VALORES** que você acredita.

Eu já fui até perseguido por falar sobre Jesus em um condomínio do meu amigo. Não tive medo, pois sei que fiz o que é certo e que Deus está comigo. Você também deve levar a palavra de Deus para as pessoas. Muitos poderão ser libertos do pecado porque você fez a sua parte e deu o exemplo.

UM ADOLESCENTE COM PROPÓSITO

Mas, você pode estar se perguntando como fazer isso, como levar o amor de Jesus à essas pessoas? Eu tenho aprendido muito sobre isso em livros de evangelismo e quero deixar 3 conselhos para você, do que aprendi:

01. Precisamos amar as pessoas, independente de suas escolhas de vida e pecados, precisamos amá-las incondicionalmente e isso reflete o amor de Jesus no coração dessas pessoas.

02. É necessário conhecer a cena, ou seja, conhecer aquilo que eles gostam, descobrir algo em comum entre vocês, para então introduzir Jesus de forma clara e entendível. Para ajudar, use metáforas, faça igual Jesus fazia quando contava parábolas, pegue a realidade das pessoas que estão ouvindo e mostre, com exemplos reais, o amor de Jesus de forma que eles entendam;

03. Ore muito para que Deus alcance a ovelha que está faltando, peça estratégias para que você seja exemplo e lembre-se, você não converte ninguém, mas, Jesus sim, somente Ele pode mudar um coração.

COLOCANDO EM PRÁTICA

Você tem sido um exemplo para esta geração? Não?! Então, na próxima vez que encontrar um amigo, pergunte se ele já conhece a Jesus e conduza um bate-papo sem medo, hein!

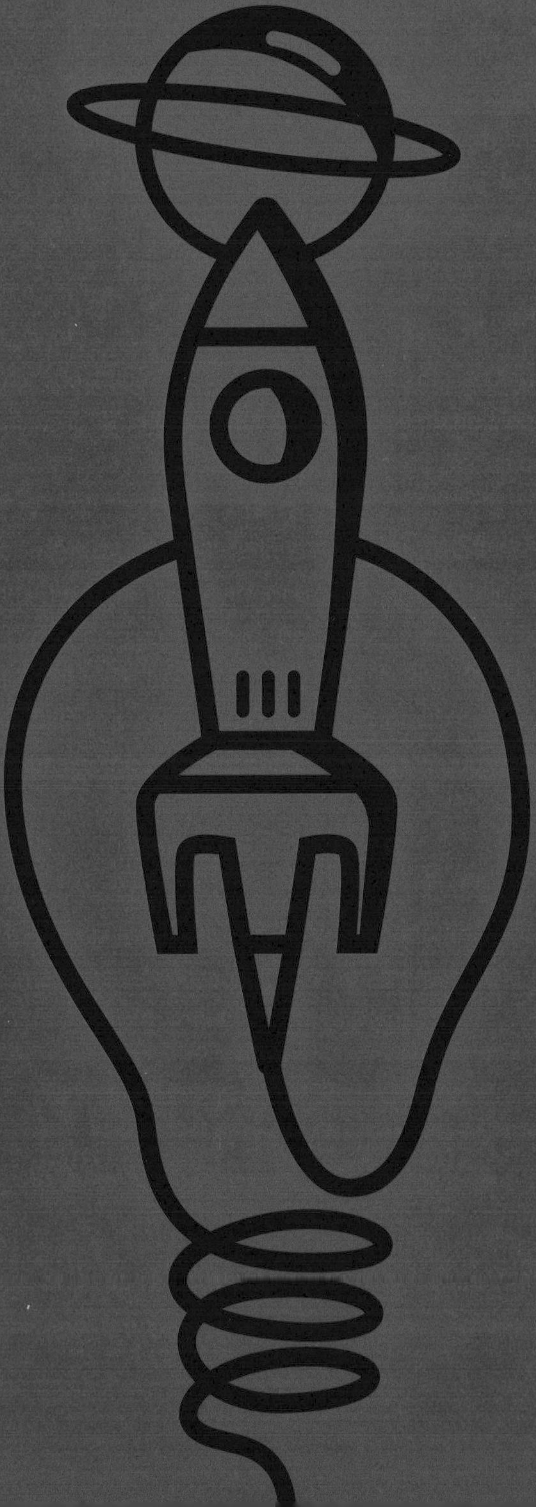

5

SEJA FORTE E CORAJOSO

> Lembre da minha ordem:
> "Seja forte e corajoso! Não fique desanimado,
> nem tenha medo, porque eu, o SENHOR, seu Deus,
> estarei com você em qualquer lugar
> para onde você for!"
>
> Josué 1.9 NTLH

VIDEO AULA

UM ADOLESCENTE COM PROPÓSITO

SEJA FORTE E CORAJOSO

Se você leu o capítulo anterior, sei que pode ter ficado com medo ou vergonha de seguir a minha orientação. Por isso, quero te ajudar a superar isso!

Você sabia que a Bíblia tem muitas histórias de pessoas corajosas que lutaram em batalhas e enfrentaram gigantes? Será que você também teria essa coragem ou atitude?

Antes de dar sequência a essa reflexão, deixe-me explicar qual é o significado de medo que estou abordando:

Medo: toda emoção que te bloqueia, paralisa e impede de crescer na vida.

Ao tomar consciência deste sentido negativo do medo, você percebe quão importante é enfrentá-lo para conseguir avançar? Talvez você até já tenha pensado sobre isso, mas é bem provável que esteja se perguntando: como fazer isso? Como vencer o medo?

Se você tem medo do escuro, por exemplo, que tal dormir sozinho em uma barraca no quintal da sua casa? Já aqueles que têm medo de altura geralmente acabam tendo medo de crescer na vida, sabia? Então, vá a uma montanha-russa ou em outro brinquedo alto e enfrente esse medo. Lembre-se de Josué 1.9, que diz:

"SEJA FORTE E CORAJOSO!"

Sim, Josué precisou de força e coragem para continuar a missão de Moisés e conduzir o povo até a Terra Prometida.

Então, guarde em seu coração este ensinamento: você precisa **ENFRENTAR** todos os seus medos. Caso contrário, eles vão te aprisionar e você se tornará escravo desse sentimento. Outra dica para esse processo de enfrentamento é **ORAR** e lembrar, frequentemente da afirmação que está escrita em ***1 João 4.18: "No amor não há medo; o amor que é totalmente verdadeiro afasta o medo"***.

Por fim, toda vez que sentir que precisa proteger o seu coração para se manter firme, faça essa pergunta:

O MEDO ME DOMINA OU EU DOMINO O MEDO?

COLOCANDO EM PRÁTICA

Agora que você sabe que não precisa ter medo ou vergonha, gostaria que enfrentasse as emoções que te paralisam. Por exemplo, se tem medo de falar em público, apresente um trabalho na escola. Se o medo é de lugares fechados, entre em um elevador.

Outra estratégia é observar as pessoas que não têm os mesmos medos que você. Perceba como elas lidam com as situações que, pra você, seriam difíceis, e aprenda a agir tranquilamente como elas. E lembre-se do versículo que aprendemos hoje – Josué 1.9.

_____
_____
_____
_____
_____
_____
_____
_____
_____
_____
_____

6
PAIS CONTROLADORES?

> "Filhos, o dever cristão de vocês é obedecer ao seu pai e à sua mãe, pois isso é certo. Como dizem as Escrituras: "Respeite o seu pai e a sua mãe." E esse é o primeiro mandamento que tem uma promessa, a qual é: "Faça isso a fim de que tudo corra bem para você, e você viva muito tempo na terra".
> Efésios 6.1-3 NTLH

VIDEO AULA

UM ADOLESCENTE COM PROPÓSITO

PAIS CONTROLADORES?

Quando ingressamos na adolescência, fica cada vez mais difícil obedecer aos nossos pais porque, muitas vezes, eles parecem apenas querer nos controlar. É comum ficarmos chateados com algumas restrições que eles estabelecem, como: não andar de *Uber* sozinho, não andar de bicicleta na rua, ter que dormir cedo, dar a senha do celular, etc.

Ao sermos "impedidos" de fazer algo que desejamos, também temos a tendência de pensar que nossos pais não confiam em nós e, por isso, nos tratam como criancinhas. Mas, na realidade, eles só fazem isso para nos proteger! Eu sei que você já deve ter ouvido essa afirmação e, mesmo assim, talvez não entenda o porquê de seus pais agirem dessa forma. Por isso, quero te explicar algo para que você comece a ver seus pais com outros olhos, assim como eu aprendi a olhar os meus.

Pense em um guarda-chuva. Ele nos protege da chuva, não é? Se começar a chover e não tivermos um, certamente vamos nos molhar e podemos até ficar gripados ou resfriados. Agora imagine que esse guarda-chuva está preso a nós, parecendo que está nos segurando sempre embaixo dele, como se estivesse nos controlando. Concorda que, dessa forma, nunca mais nos molharíamos? Que estaríamos sempre protegidos da chuva?

Então, **nossos pais são como um guarda-chuva,** mas com a diferença de que eles não estão presos a nós. O que você chama de controle, nada mais é do que **PROTEÇÃO!** Eles sabem o que é melhor para nós, são mais experientes e só querem o nosso bem. Portanto, precisamos **OBEDECÊ-LOS e CONFIAR** que tudo o que eles estão fazendo e falando é O MELHOR para nós!

Quando eu era mais novo, meus pais me obrigaram a ler 15 páginas da "Bíblia em Ação" por dia. Eu achava isso entediante e fazia por obediência, muitas vezes ficando chateado. Aos poucos, porém, fui descobrindo histórias bacanas lá e, depois, essas histórias começaram a me ajudar a enfrentar os meus desafios diários. Por fim, acabei gostando da experiência e passei a ler por conta própria. Atualmente, já li a Bíblia inteira três vezes! E tudo isso ocorreu porque decidi **CONFIAR** na instrução dos meus pais.

Então, reflita sobre tudo isso que você acabou de ler e lembre-se de que seus pais só querem o teu bem. Portanto, você precisa **CONFIAR** neles!

UM ADOLESCENTE COM PROPÓSITO

- DEUS
- PAI
- MÃE
- FILHOS

COLOCANDO EM PRÁTICA

Escreva algo que seus pais falaram para você: alguma restrição ou instrução que te desagradou. Em seguida, reflita sobre cada uma dessas atitudes deles e escreva o lado bom de terem feito isso para você. O objetivo aqui é te levar a entender melhor a intenção dos seus pais.

FALA DOS PAIS QUE ME DESAGRADOU:	O QUE REALMENTE ELES QUISERAM DIZER:

FALA DOS PAIS QUE ME DESAGRADOU:	O QUE REALMENTE ELES QUISERAM DIZER:

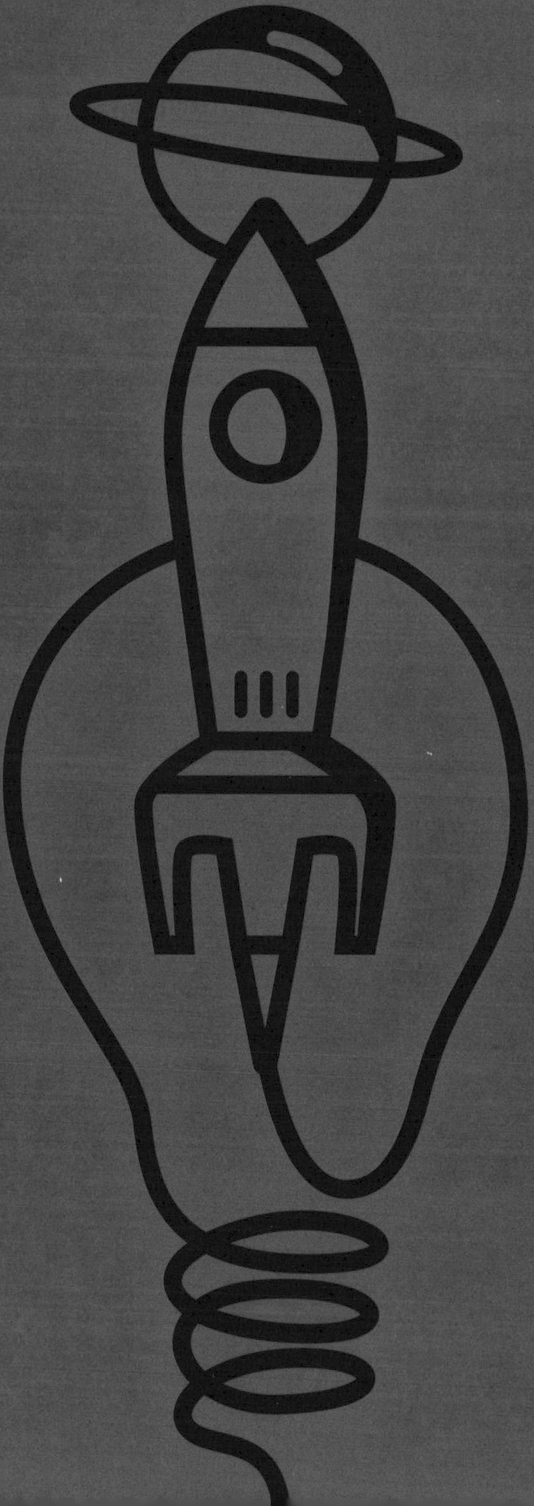

7

O GRANDE DESAFIO

"Porque Deus amou o mundo tanto, que deu o seu único Filho, para que todo aquele que nele crer não morra, mas tenha a vida eterna".
João 3.16 NTLH

VIDEO AULA

UM ADOLESCENTE COM PROPÓSITO

O GRANDE DESAFIO

Até aqui, você já aprendeu como se aproximar mais de Deus, falar sobre o amor d'Ele como superar desafios que enfrentamos na adolescência. Agora, preciso que você mantenha foco total na leitura, pois este capítulo vai abordará algo que todo ser humano precisa vencer, mas nós adolescentes **"caímos"** com mais facilidade porque estamos em fase de amadurecimento. Você já sabe do que estou falando? **Se pensou em PECADO, acertou!**

Este assunto é muito importante porque representa um grande desafio que todos nós precisamos superar! Antes de prosseguir, no entanto, quero te fazer uma pergunta: você sabe o significado da palavra PECADO?

Pesquisei e descobri que a palavra **"PECADO"** vem do hebraico **HHATÁ,** que significa errar um alvo ou um objetivo determinado. E como sabemos que o nosso alvo é Cristo, então, podemos concluir que, quando pecamos, nós erramos o caminho e ficamos longe de Cristo - em outras palavras, nos afastamos de cumprir o objetivo de sermos semelhantes ao caráter de Cristo.

UM ADOLESCENTE COM PROPÓSITO

Tudo o que não segue os princípios de Deus é pecado, e existem muitas práticas que a Bíblia desaprova. Matar, mentir, roubar, desobedecer, ter pensamentos pecaminosos e imoralidade sexual são alguns exemplos. No livro de Gálatas podemos entender melhor que o pecado está relacionado aos frutos da carne:

> *"As coisas que a natureza humana produz são bem conhecidas. Elas são: a imoralidade sexual, a impureza, as ações indecentes, a adoração de ídolos, as feitiçarias, as inimizades, as brigas, as ciumeiras, os acessos de raiva, a ambição egoísta, a desunião, as divisões, as invejas, as bebedeiras, as farras e outras coisas parecidas com essas. Repito o que já disse: os que fazem essas coisas não receberão o Reino de Deus".*
> *Gálatas 5.19-21 NTLH*

Os frutos da carne revelam o que o Senhor entende como pecado. Além disso, precisamos ter consciência de que todos somos pecadores, pois desde que Adão e Eva comeram o fruto proibido no jardim do Éden, o pecado entrou no mundo. Portanto, é nossa responsabilidade discernir entre o que é certo e o que é errado.

> *"Então o Senhor Deus disse o seguinte: — Agora o homem se tornou como um de nós, pois conhece o bem e o mal. Ele não deve comer a fruta da árvore da vida e viver para sempre. Por isso o Senhor Deus expulsou o homem do jardim do Éden e fez com que ele cultivasse a terra da qual havia sido formado".*
> *Gênesis 3.22-23 NTLH (grifos do autor).*

Uma das consequências dessa decisão errada, que colocou o pecado no mundo, foi o nosso afastamento de Deus, o Senhor. A história, porém, não acaba aqui. Afinal, Deus é amor e deseja estar perto de nós. Por isso, Ele enviou seu único Filho, para que todo aquele que n'Ele crer não morra, mas tenha a vida eterna. (João 3:16).

Por meio desse ato de amor, podemos nos conectar a Ele, nos arrependermos e, então, Ele nos perdoa de todos os nossos pecados. Mas, você deve estar se perguntando, **se Deus nos livrou do pecado, por que ainda há pessoas vivendo em pecado?**

Bom, para à sua pergunta, entenda que Jesus nos deu o perdão como se fosse um presente, mas o pecado continua no mundo. Portanto, quando pecarmos, devemos confessar para Deus e pedir perdão, pois Ele já nos perdoou.

Além disso, por sermos adolescentes, também devemos falar com nossos pais ou líderes responsáveis, pessoas que têm intimidade e tempo com Deus, pois eles podem nos ajudar a mudar de atitude.

Diante de toda essa reflexão, te convido a reconhecer o seu pecado, a se arrepender, a pedir perdão a DEUS e a se empenhar em mudar de atitude, com a ajuda de seus pais ou líderes de confiança. **Aceita o convite?**

COLOCANDO EM PRÁTICA

Para que você consiga acertar o alvo, que é Cristo, e apresentar uma real mudança de atitude, te encorajo a seguir os conselhos dados neste capítulo e a colocar em prática os três passos abaixo:

1. Identifique os comportamentos que estão te afastando do alvo e causando preocupação e culpa. Anote-os em um papel;

2. Ore, buscando a ajuda de Deus e também direção para identificar um adulto de confiança (preferencialmente seus pais ou seu líder da igreja) com quem você possa compartilhar suas preocupações e dificuldades;

3. Repita este exercício semanalmente. Isso isso vai te ajudar a se manter firme e a vencer as dificuldades que aparecerem.

_____
_____
_____
_____
_____
_____

UM ADOLESCENTE COM PROPÓSITO

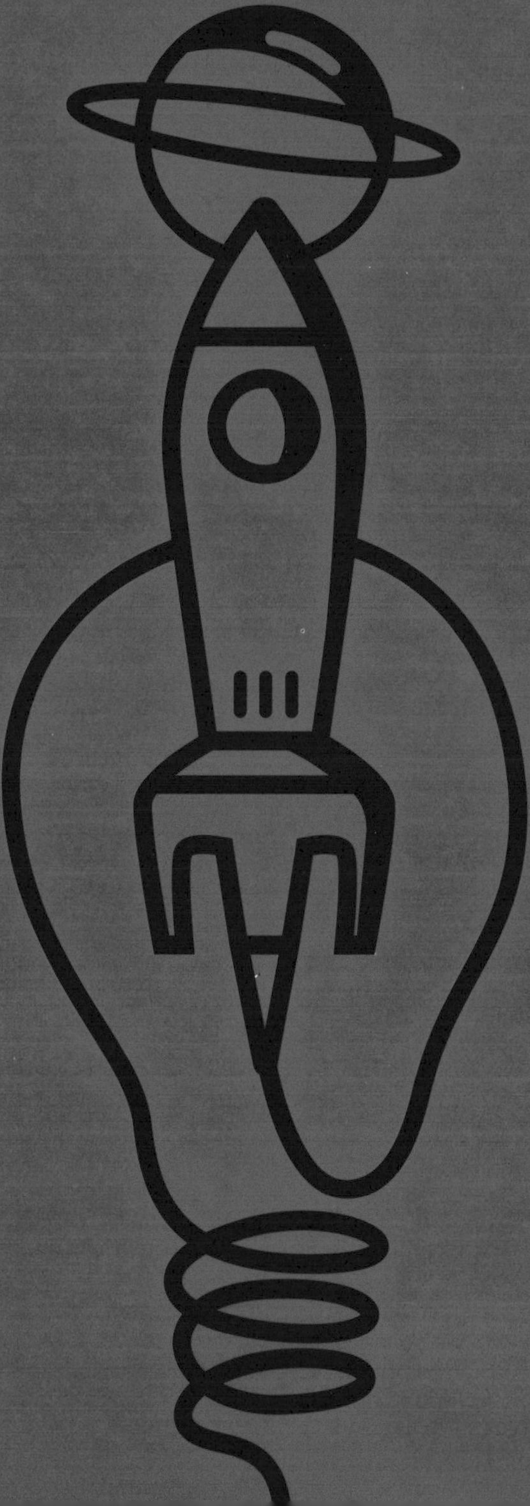

8

NAMORO NA ADOLESCÊNCIA

> "Tudo neste mundo tem o seu tempo; cada coisa tem a sua ocasião".
> Eclesiastes 3.1 NTLH

VIDEO AULA

UM ADOLESCENTE COM PROPÓSITO

NAMORO NA ADOLESCÊNCIA

Rapazes e garotas, eu sei que vocês têm dúvidas sobre o namoro na adolescência, pois o sentimento de amor pode surgir nessa fase da vida. Sei disso porque também tenho sentimentos assim; afinal, sou adolescente como vocês. Por isso, neste capítulo quero aprofundar esse tema com vocês e trazer algumas reflexões importantes, como: será que existe idade certa para namorar? Existe a pessoa ideal?

O amor foi criado por Deus, que é o próprio amor. Além disso, Deus não nos criou para andarmos sozinhos:

"Depois o Senhor disse: — Não é bom que o homem viva sozinho. Vou fazer para ele alguém que o ajude como se fosse a sua outra metade". Gênesis 2.18 NTLH

Muitos de nós focamos apenas nesta parte da Bíblia e, quando chegamos na adolescência, começamos a procurar essa 'outra metade'. Afinal, passamos por muitas mudanças no corpo, na mente e nos sentimentos. Queremos alguém para nos aprovar, confiar em nós e, claro, nos amar. No entanto, se observarmos os versículos anteriores a esse trecho bíblico, fica muito claro que, antes da criação de Eva, Deus deu uma missão para Adão:

"Então o Senhor Deus pôs o homem no jardim do Éden, para cuidar dele e nele fazer plantações".
Gênesis 2.15 NTLH

O Senhor é um Deus de ordem, e isso não tem a ver com a idade, mas com o processo de maturidade. Pensa comigo: você não correu antes de aprender a andar, nem escreveu antes de falar. Tudo na vida tem um processo e com o namoro não é diferente. Por isso, temos de evitar decisões motivadas apenas pelo que os nossos olhos veem. Você precisa entender o processo todo para que cada etapa se consolide em sua vida. Portanto, mais do que idade para namorar, precisamos ter maturidade!

Só que neste ponto surgem outras dúvidas: como saber se já estou maduro o suficiente? Se realmente estou pronto para namorar?

Certa vez, ao ler um livro, saltou aos meus olhos três itens que devemos analisar para perceber se, de fato, estamos diante da pessoa certa e do momento certo para assumir um compromisso. Desde então, passei a observar esses fatores, porque entendi que só quando tiver o **"SIM"** para todas essas perguntas estarei maduro para iniciar essa fase tão importante da vida que é o **NAMORO.**

E as três perguntas são:

> **01.** Será que eu amo de verdade (gosto de conversar, estar perto, me divertir) ou é apenas uma atração física (quero beijar, abraçar, "me mostrar") por aquela pessoa?
>
> **02.** Meus pais aprovam essa pessoa? Os pais dela me aprovaram também? E, principalmente, Deus aprova? (É necessário orar e ler a Palavra para saber isso)
>
> **03.** Eu tenho dinheiro para honrar aquela pessoa, para levá-la em um restaurante ou dar algum presente, por exemplo?

É sério, depois que comecei a me fazer estas perguntas fiquei muito mais tranquilo em relação a namorar. Sei que Deus tem o melhor para mim e, no tempo certo, Ele irá me mostrar quem é. Quero te incentivar a sempre pensar nisso também. E mais: lembre-se de orar para que Deus mostre a pessoa correta para você. Também sugiro que converse com seus pais sobre isso, afinal, eles são as melhores pessoas para te aconselhar.

Agora, se você já estiver namorando, reflita nestas mesmas perguntas para ter certeza de que está fazendo a escolha certa. Se a dúvida aparecer, termine. Afinal de contas, namoro não é casamento. Mas, se você perceber que está namorando com a pessoa certa, trate seu(sua) companheiro(a) de forma respeitável, como um homem e uma mulher de Deus. Posso confiar em você? Espero que sim!

COLOCANDO EM PRÁTICA

Reflita sobre estes pontos que abordei no capítulo e avalie se você está apaixonado. Caso a resposta seja **SIM,** ore para Deus revelar se esta é a pessoa que Ele quer para você.

Caso ainda não tenha ninguém em mente, escreva uma carta para Deus, descrevendo como você sonha que seja seu par. Em seguida, ore entregando isso a Deus e peça que Ele revele as características que devem permanecer na lista, bem como aquelas que precisam ser acrescentadas e valorizadas. **Então, ore sem cessar.**

_____
_____
_____
_____
_____
_____
_____
_____
_____
_____

UM ADOLESCENTE COM PROPÓSITO

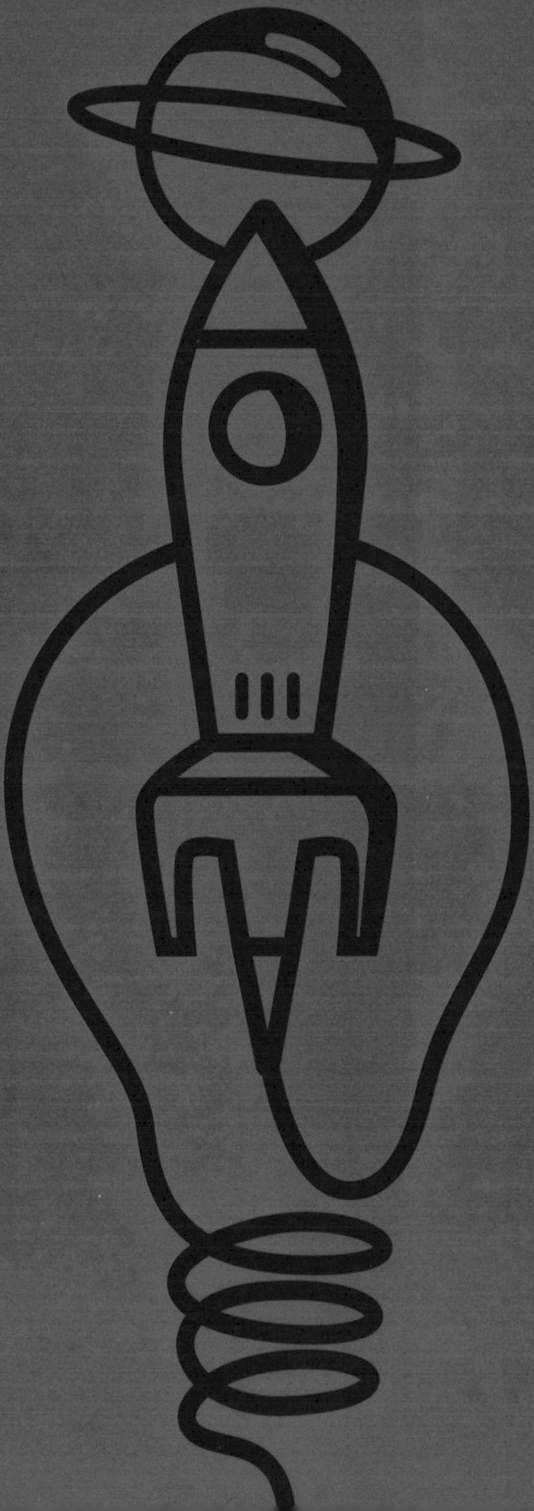

9
PROPÓSITO

"Mas vocês são a raça escolhida, os sacerdotes do Rei, a nação completamente dedicada a Deus, o povo que pertence a ele. Vocês foram escolhidos para anunciar os atos poderosos de Deus, que os chamou da escuridão para a sua maravilhosa luz".
I Pedro 2.9 NTLH

VIDEO AULA

PROPÓSITO 9

Iniciamos este livro tentando entender **QUEM SOMOS e PARA QUÊ viemos para esta Terra.** Ao longo dos capítulos, me dediquei a ensinar qual é a sua verdadeira identidade e como agir, sendo **um(a) FILHO(a) AMADO(a) de DEUS!** Agora, chegou a hora de entendermos o nosso PARA QUÊ! Isto é, o nosso PROPÓSITO!

De acordo com o dicionário, **PROPÓSITO** é tudo aquilo que se busca alcançar; objetivo, finalidade, intuito. Então, considerando tudo o que já aprendemos até aqui, podemos concluir que **PROPÓSITO é tudo aquilo que nos incentiva a levar a vida do modo como nós a vivemos.** Afinal, uma vida sem propósito não tem sentido.

Quando somos adolescentes, entender o sentido de nossa vida é uma das questões que mais ocupa a nossa mente. Há uma busca constante por entender qual é o nosso lugar no mundo, por que existimos, qual a nossa importância e muitos outros porquês...

A primeira coisa que precisamos saber é que **não existe "o seu PROPÓSITO", mas sim o PROPÓSITO de Deus,** no qual somos incluídos.

Qual é o PROPÓSITO de Deus? AMAR e CUIDAR!

UM ADOLESCENTE COM PROPÓSITO

Para te ajudar a entender melhor, imagine um hospital onde Deus é o DONO e o MUNDO é o próprio hospital. Como dono, Deus quer cuidar das pessoas e, para isso, chama médicos com diferentes especialidades para tratar e curar as diversas doenças. Pense que os médicos somos nós, e Deus nos coloca em determinadas funções para sermos assertivos no cuidado de cada "doente". Portanto, Deus tem um propósito individual para cada pessoa, pois nos criou exatamente para isso!

Você deve estar se perguntando: como descubro a minha parte? Qual é a minha especialidade? Para te ajudar a descobrir o seu propósito, sugiro que se atente a estas quatro ações:

01. Observe seus talentos: aquilo que você faz muito bem, com alegria e que te torna único. Capacidade diferenciada pode revelar uma característica do seu propósito.

02. Analise suas atitudes com o próximo: o que você acrescenta ao mundo a partir dos seus conhecimentos e habilidades? Você deixa os outros felizes? Tem facilidade para ensinar seus amigos? Fala bem? Escreve com facilidade? Etc.

03. Converse com seus pais ou responsáveis: essas pessoas te conhecem desde que você nasceu e sabem de todas as suas qualidades e até dos seus defeitos. Por isso, podem te ajudar nesta descoberta.

04. Busque ajuda de Deus: ore, leia a Bíblia e peça ao Senhor que mostre o caminho que Ele deseja para você. Pense nas suas qualidades, pois elas te ajudarão a cumprir o propósito de Deus nesta Terra.

Mas, se mesmo assim, você não encontrar o seu propósito, relaxe e permaneça firme no propósito de Deus. Não pare no meio do caminho, pois, conforme aprendi com Rodrigo Bibo no livro **"O Deus que destrói sonhos"**, não devemos ficar parados esperando o PROPÓSITO chegar para só depois começar a caminhar. É possível descobrir o propósito na caminhada e, entender isso é perceber que o PROPÓSITO é o caminho. Mas qual é o caminho? No evangelho de Mateus,
Jesus nos ensina:

> *"Portanto, vão a todos os povos do mundo e façam com que sejam meus seguidores, batizando esses seguidores em nome do Pai, do Filho e do Espírito Santo e ensinando-os a obedecer a tudo o que tenho ordenado a vocês. E lembrem disto: eu estou com vocês todos os dias, até o fim dos tempos".* **Mateus 28.19-20 NTLH**

Então, enquanto seguimos este caminho de fazer discípulos por onde passarmos, encontraremos o nosso propósito. Afinal, Jesus está conosco nesta caminhada.

COLOCANDO EM PRÁTICA

Descreva abaixo as 4 ações que foram citadas neste capítulo e medite nelas todos os dias, para que você tenha o compromisso de viver o seu propósito diariamente.

_____
_____
_____
_____
_____
_____
_____
_____
_____
_____
_____
_____
_____
_____

UM ADOLESCENTE COM PROPÓSITO

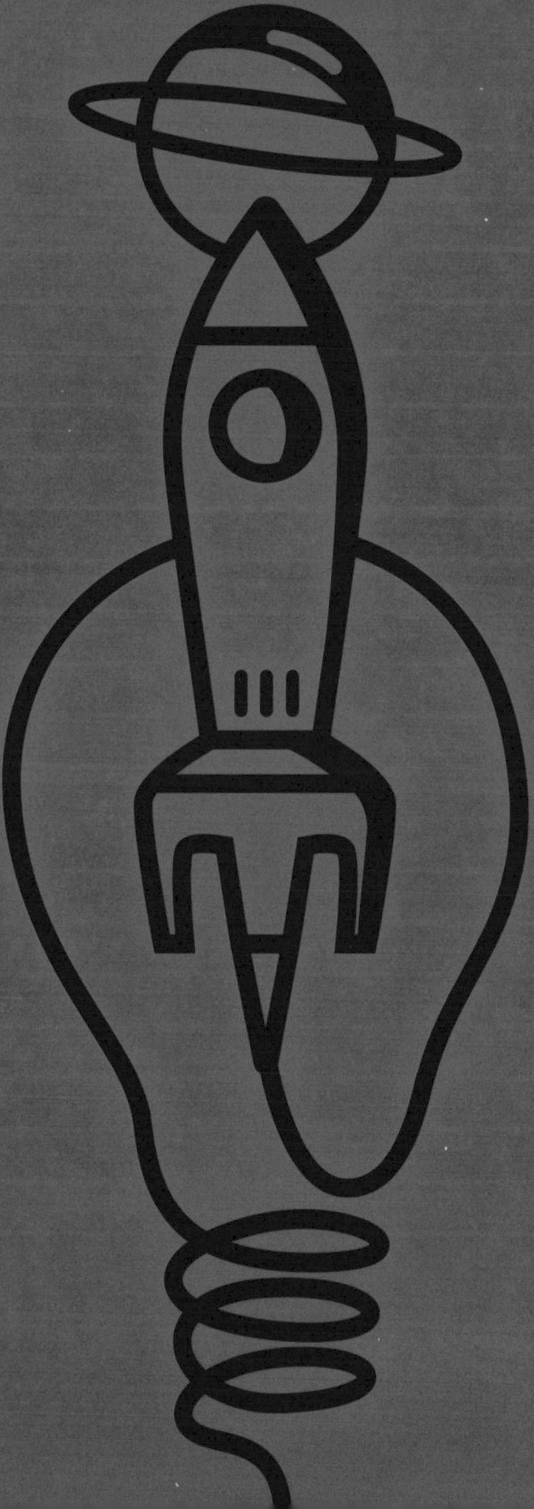

10

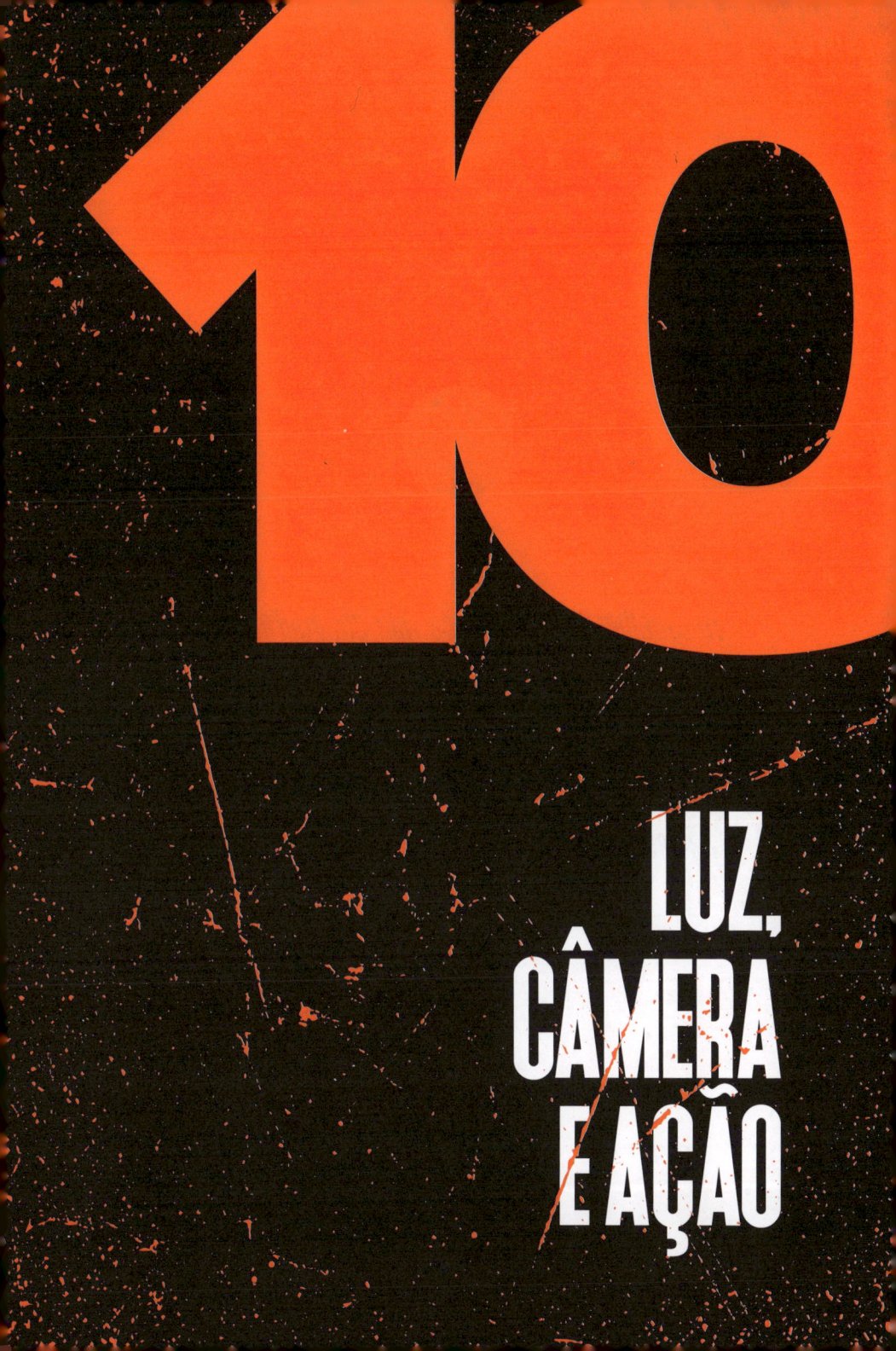

LUZ, CÂMERA E AÇÃO

> "Fiz o melhor que pude na corrida, cheguei até o fim, conservei a fé. E agora está me esperando o prêmio da vitória, que é dado para quem vive uma vida correta, o prêmio que o Senhor, o justo Juiz, me dará naquele dia, e não somente a mim, mas a todos os que esperam, com amor, a sua vinda".
> 2 Timóteo 4.7-8 NTLH

VIDEO AULA

LUZ, CÂMERA E AÇÃO

10

Chegamos ao último capítulo desse livro e quero agradecer por você ter chegado até aqui. Sei que muitos iniciaram essa jornada, mas nem todos conseguiram terminá-la. No entanto, você venceu o primeiro desafio: **LER!**

Preciso te dizer, porém, que a leitura deste livro foi apenas o início de uma jornada SENSACIONAL, e ó continuarão aqueles que realmente DECIDIREM prosseguir e se aperfeiçoarem em CRISTO. Eu te garanto que você já tem TUDO o que precisa para permanecer firme nessa caminhada. Entretanto, é você que definirá o que fazer quando terminar de ler a última página deste livro:

1º) Colocar o livro na prateleira e deixá-lo juntando poeira;
2º) Colocar o livro na cabeceira da sua cama e consultá-lo diariamente, refazendo as tarefas e praticando tudo o que aprendeu;
3º) Seguir a opção 2 e ainda encontrar um amigo para compartilhar os ensinamentos que o livro te trouxe.

Como pode perceber, todas as opções dependem apenas da postura que adotará a partir de agora. Tenho certeza de que, se você não for determinado, a opção 1 será a sua única alternativa e, em algum momento, você acabará frustrado por isso.

UM ADOLESCENTE COM PROPÓSITO

Portanto, para que permaneça firme, quero que receba em seu coração três orientações que foram muito úteis para mim e, certamente, farão a diferença para você também:

DEVOCIONAL: Organize um horário em sua rotina diária e dedique-o a Deus. Trata-se de um momento reservado para conhecer mais a Deus por meio da oração, da leitura da Bíblia, e de agradecimentos. Ou seja, é um tempo reservado para conversar com Deus e aumentar o seu relacionamento com Ele. A duração desse momento você pode estipular, mas quanto mais tempo passar com Ele, mais intimidade terá.

IDENTIDADE: Todos os dias, ao acordar, olhe-se no espelho e declare quem você é! Lembre-se do exercício que já fizemos ao longo desta leitura e, depois, fale o que Deus pensa sobre você. Seja respeitoso consigo mesmo e declare palavras positivas. Em seguida, dê um grande sorriso e acredite em tudo o que ouviu a seu respeito.

PROFETIZE SOBRE SEU DIA: Após declarar quem você é, ainda diante do espelho, profetize sobre seu dia. Diga que você terá um dia extraordinário, que cumprirá todas as suas responsabilidades e declare bênção sobre o seu dia.

Por fim, decida agir! Chega de andar nos bastidores e assuma o palco da sua vida! Coloque em prática o que você aprendeu, transborde seus conhecimentos na vida de alguém, traga sentido para a sua vida e se mantenha-se firme no caminho até ser aprovado pelo Senhor:

"Fiz o melhor que pude na corrida, cheguei até o fim, conservei a fé. E agora está me esperando o prêmio da vitória, que é dado para quem vive uma vida correta, o prêmio que o Senhor, o justo Juiz, me dará naquele dia, e não somente a mim, mas a todos os que esperam, com amor, a sua vinda".
2 Timóteo 4.7-8 NTLH

Eu já decidi! Vou me manter firme nesta jornada, correndo a corrida que o Senhor propôs para mim, porque **EU SOU UM ADOLESCENTE COM PROPÓSITO!** E você, qual será a sua decisão?

| LUZ | CÂMERA | AÇÃO |

Viva na luz, para que todos vejam o seu propósito em ação!

COLOCANDO EM PRÁTICA

PARABÉNS! Você chegou ao final deste livro e tenho certeza de que foi muito abençoado por tudo o que aprendeu aqui. Agora é a sua vez de tomar uma decisão! Escreva abaixo quais ações você vai praticar a partir de agora para se manter firme nesta caminhada de ser **UM ADOLESCENTE COM PROPÓSITO!**

_____
_____
_____
_____
_____
_____
_____
_____
_____
_____
_____
_____

UM ADOLESCENTE COM PROPÓSITO

ANOTAÇÕES

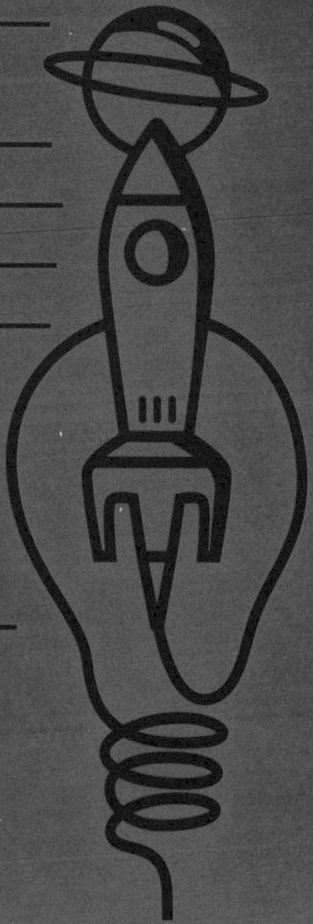

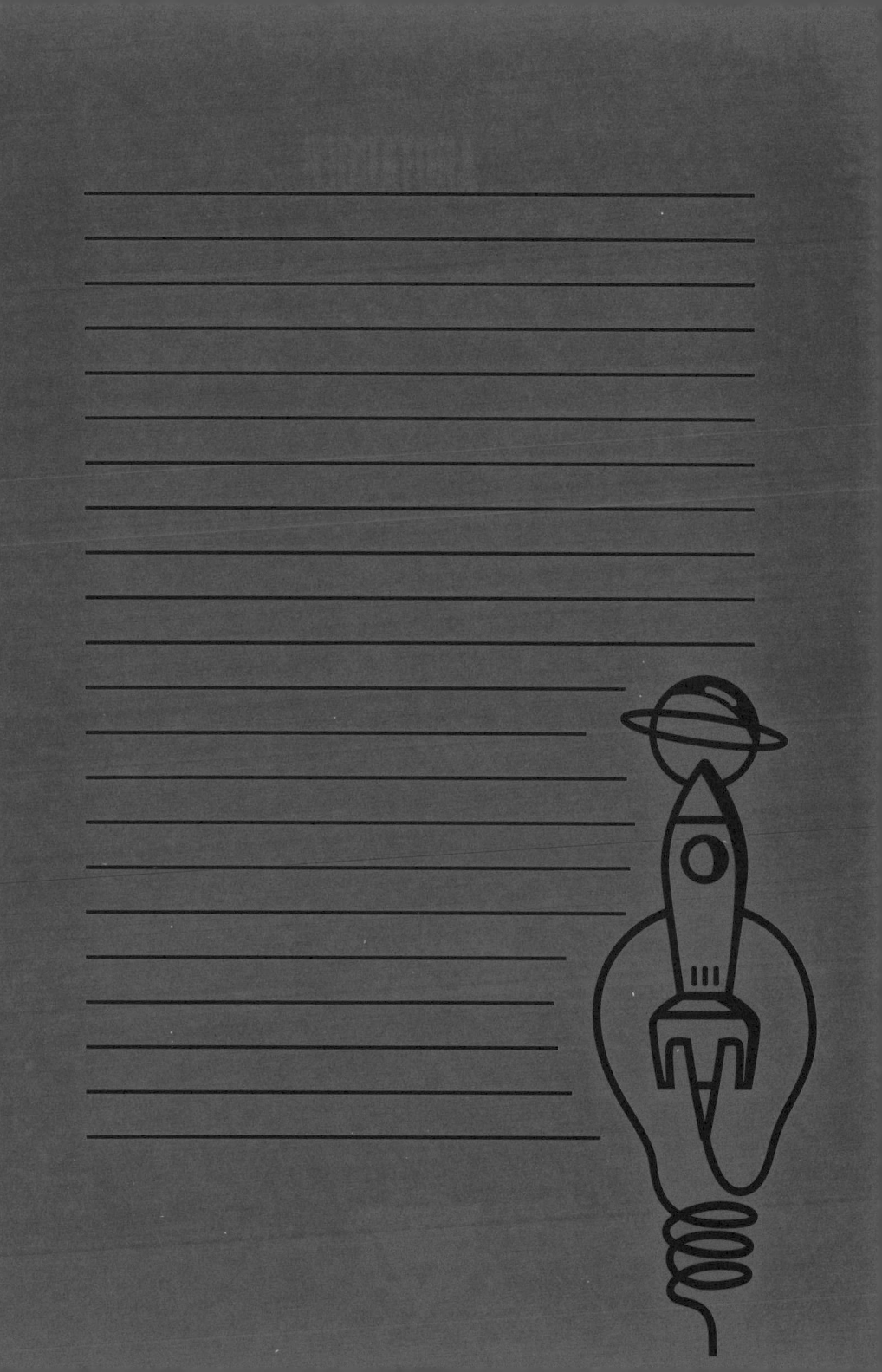

ANOTAÇÕES

ANOTAÇÕES

_____
_____
_____
_____
_____
_____
_____
_____
_____
_____
_____
_____
_____
_____
_____
_____
_____
_____
_____
_____

@VICTOR.2G